CHRISTINE

CW00497055

LA TOUR DU SILENCE

Castor Poche Flammarion

Le 5 novembre 1748

Sarah, ma sœur,

Les soldats du roi nous ont poussées, huit femmes transies et recrues – nous marchions depuis des jours –, dans une petite pièce aux fenêtres grillagées. La Tour, je ne l'ai pas vue; il faisait nuit close. J'ai seulement entendu sonner, sous nos pas, les planches de la passerelle. Une de mes compagnes, qui est née non loin d'Aigues-Mortes, m'a dit qu'elle ressemblait à un grand rouleau de pierre dressé contre le ciel. Que, sur toute la région, elle pesait comme une menace ou une sentinelle. Je ne puis même l'imaginer : je suis désormais à la seule place d'où je ne la verrai jamais. Elle s'est fermée autour de moi comme un manteau de ténèbres impénétrables, qui me suffoque.

À tour de rôle, on nous a fait avancer près d'une table, derrière laquelle étaient assis un homme en habit bleu et un de ces abbés devant qui, quand nous étions petites filles, on nous avait appris à fuir. Tant d'histoires couraient, souviens-toi, sur ces enfants enlevés à quelques mètres de leur maison, confiés aux prêtres ou aux religieuses qui voulaient leur enseigner, de force, ce qu'ils disent être la seule vraie foi! Et nos mères tremblaient dès qu'elles n'apercevaient plus nos bonnets au bas du pré ou à la barrière du jardin...

— Bien jeune, a-t-il murmuré en me regardant avec une moue de dégoût, comme si j'avais été couverte de vermine.

— Elle était avec les autres, a répondu l'homme en bleu. Tous ces huguenots qui courent au Désert* dès que nous avons le dos tourné, ces entêtés, ces faux convertis qui se cachent n'importe où, dans une clairière, sous une pierre levée, pour y célébrer leurs mariages et leur culte infâme. De plus, elle portait sur elle une bible hérétique. C'est bien ton nom, là?

* Lieux où se retrouvaient les protestants pour pratiquer leur religion, souvent en pleine campagne ou dans la forêt.

Son doigt court et gras, à l'ongle carré, s'écrasait sur la page du livre, la bible de mon père, où il avait écrit, avant de mourir, les noms de tous ses enfants.

— Tu sais lire, non ? Parce qu'elles connaissent leurs lettres, les parpaillotes, comme si tenir sa maison et torcher ses mioches ne suffisait pas à une chrétienne… Si ce n'est pas de la besogne du diable !

Le prêtre a lissé son rabat de linge fin :

— Réponds !

Je n'ai pas reconnu ma voix, cassée, une voix de vieille :

— Oui. Madeleine Mazuel, c'est mon nom.

— Âge ?

— Quinze ans.

— Puisque tu sais lire, fille Mazuel, regarde ceci. Tu as de la chance, le roi, dans sa miséricorde, te fait grâce si tu signes ce document. Signe et tu es libre.

Un éblouissement a brouillé devant mes yeux l'image des deux hommes, des murs nus où quelques torches brûlaient en grésillant. J'ai entendu le bruit d'une plume qui grattait le papier, puis ces mots :

— *Moi, Madeleine Mazuel, je renonce désormais aux pratiques sacrilèges de la Religion*

Prétendument Réformée et m'en remets, pour l'affaire de la foi, aux ministres désignés de notre sainte Église catholique, apostolique et romaine.

J'ai balbutié :

— Nos pratiques ne sont pas sacrilèges... nous craignons Dieu, nous l'honorons...

— Alors, si tu crains Dieu, ma fille, a repris l'abbé d'une voix douce, signe. Et ton âme sera sauvée, et tu épargneras aux tiens de grands malheurs.

Comme je demeurais muette, frappée de stupeur, il s'est penché vers moi, sa bouche mince déformée par un méchant sourire :

— Madeleine Mazuel, tu ne sais pas ce qui t'attend, dans la Tour. Toi, pécheresse, tu hésites sur le seuil du salut ! Mais là-haut, malheureuse, c'est l'enfer, la géhenne* ! Tu endureras le froid et la faim, la promiscuité, la puanteur des corps de toutes ces femmes, ces damnées...

Son visage n'était qu'à quelques centimètres du mien ; je recevais, en pleine figure, son haleine aigre. J'ai eu un mouvement de recul : aussitôt deux mains se sont abattues sur mes épaules.

— Qu'on l'emmène !

* Enfer, séjour des réprouvés.

Il y avait de la haine dans son regard. La tête bourdonnante, je me suis laissé pousser vers une porte que je n'avais pas vue, percée d'un judas garni de solides barreaux de fer. Un étroit escalier s'ouvrait devant moi. J'ai monté les degrés en trébuchant. D'une bourrade, le soldat qui m'escortait m'a signifié que je ne me hâtais pas assez. Une autre porte a grincé sur ses gonds, longuement. Il m'a semblé que cette plainte, qui n'en finissait pas, était celle de toutes les chairs souffrantes recluses là depuis des années, de toutes ces âmes menacées par le désespoir. Un sanglot m'a noué la gorge, que j'ai ravalé en toussant. Pleurer devant ces hommes ? Je me serais méprisée. À cet instant, une image familière m'a traversée, tel un éclair douloureux : j'ai revu notre salle, son carreau frotté à la cire, la haute horloge qui égrenait les heures, la poêle à châtaignes pendue dans l'âtre, la bercelonnette de mon plus jeune frère près de la table couverte d'un tapis rouge. Je t'ai vue près de la fenêtre, serrée dans ton châle, épiant la nuit, pendant que mon père nous lisait un passage des Écritures. Comme chaque soir, nous redoutions d'être surpris, dénoncés. Tant des nôtres martyrisés, tenus en geôle, roués, brûlés vifs ! Et pourtant, parce que nous étions unis et fermes dans nos croyances, nous goûtions un certain bonheur. J'ai revu aussi notre hameau enfoui sous les frondaisons épaisses des châtaigniers, la rivière qui en contrebas chantait sur les pierres et, au loin, les premiers épaulements de l'Aigoual que le printemps couvrait de genêts couleur d'or. La ruelle, fraîche quand la touffeur de l'été sur-chauffait les pierres, où tu habitais avec ta mère avant de partir te placer comme servante à Aubenas ; le rosier ébouriffé de votre jardin... Ah, réussirai-je à chasser ces images d'une dou-ceur désormais inaccessible ? Saurai-je, moi qui ai grandi entourée de l'affection des miens – mon père, mon frère, ta mère qui s'efforçait à remplacer la mienne, trop tôt disparue, et toi, ma sœur de lait, mon amie la plus chère – endurer ce qui m'attend, ne pas fléchir, me mon-trer digne de nos frères morts pour la liberté de leur conscience ?

Je n'ai pas eu le loisir de m'attarder à ces pensées amères : la porte ouverte béait sur une salle obscure où se pressaient des formes indis-tinctes.

— Tassez-vous un peu, là-dedans ! a plai-santé un soldat. Vous n'êtes pas trop grosses, il y aura de la place pour tout le monde !

Et, en faisant sonner ses clefs, il a ajouté :

— Pour le pain, il est bien tard... vous le mangerez demain de meilleur appétit, voilà tout! La compagnie vous tiendra lieu de souper... Le bonsoir!

Avec un gros rire, il a refermé le vantail dont les verrous ont claqué.

Déjà les captives nous entouraient :

— D'où venez-vous? Je suis de Nîmes...

— Et moi de Saint-André-de-Majencoules...

— Avez-vous rencontré mon mari? Il est prédicant... Joseph Espérou, nous habitions près de Pont-d'Hérault... je suis sans nouvelles depuis deux ans... Savez-vous s'il a été pris?

— Mon frère est aux galères...

— Nous avons été arrêtées à une assemblée, près d'Anduze... ma sœur était tout près de faire ses couches; ils l'ont gardée à Montpellier.

Une mauvaise chandelle éclairait seule la haute salle, et ces visages tournés vers nous me paraissaient tous semblables, creusés et mangés d'ombres inquiétantes sous les coiffes de toile. Étourdie, je clignais des paupières quand une voix s'est élevée, dominant toutes les autres :

— Laissez-les tranquilles... c'est à peine si

elles tiennent sur leurs jambes. Vous aurez bien le temps, demain, de causer.

Une main légère s'est posée sur mon front.

— Quel âge as-tu?

J'ai balbutié, prise d'un vertige :

— Quinze ans.

— J'avais cet âge quand je suis entrée ici... Pauvrette. Catherine, Anne, aidez-moi, il faut qu'elle s'étende, elle n'en peut plus.

Un liquide frais a touché mes lèvres.

— Bois un peu; n'essaie pas de parler. Je m'appelle Marie...

J'ai fermé les yeux; les voix s'éloignaient. J'ai senti qu'on me prenait aux bras et aux genoux, qu'on m'emportait; une paillasse s'est creusée avec un froissement sous mon corps alourdi, une nuit épaisse est descendue sur moi et je n'ai plus rien entendu.

Le 27 novembre 1748

Sarah, je sais que tu me pardonneras mon silence : il ne m'a pas fallu moins de trois semaines pour sortir de la prostration où j'étais tombée depuis mon incarcération, rassembler mon courage et t'écrire à nouveau. Les douze coups de midi viennent de sonner à l'église Notre-Dame-des-Sablons, « leur » église, celle des catholiques. Je suis assise dans une logette grillagée, le seul recoin de ce lugubre endroit qui reçoit un peu de lumière. En face de moi, des champs, un canal étroit, comme un chemin pour mon regard… un chemin pour fuir par la pensée vers la cuisine où peut-être tu viens d'allumer le calel*, car le jour baisse vite en cette saison. Mais peut-être es-tu encore à t'activer

* Petite lampe.

dans la souillarde, ou portes-tu avec précaution, vers le fourneau, la mesure à huile, en effleurant du regard, au passage, la pierre descellée qui dissimule la cachette où repose le Saint Livre…

Outre ce renfoncement ménagé dans l'épaisseur de la muraille, la salle prend jour par quatre meurtrières, d'où l'on découvre Aigues-Mortes, ses toits de tuiles rondes diversement décolorés par le soleil, et, au-delà, la plaine d'un violet terne, les étangs d'argent, les amas de sel brillants, et la mer enfin, la mer si belle… Parfois un mirage semble brouiller les lignes du paysage qui ondulent et se soulèvent. Toute l'activité de la ville est concentrée vers le port, où les Majorquins déchargent leurs barques remplies d'oranges et de citrons. Je pourrais être heureuse ici, je le crois, si j'étais libre.

Mais libre, je ne le suis plus, et le tour de ma prison est bientôt fait : une salle ronde où il n'y a pas dix-huit pas d'un mur à l'autre, percée en son centre d'un monte-charge bordé d'une margelle où quelques captives sont toujours assises, devisant à voix basse. Une ouverture obstruée de quelques planches sert de lieux d'aisances ; pour tout mobilier, des paillasses à même le sol, ou posées sur des planches ; quelques pots, des hardes misérables ; une cheminée, enfin, qui ne donne guère de chaleur, car le bois qu'on nous porte est presque toujours vert et fume sans brûler. C'est là que nous préparons nos aliments, quand la charité de nos frères nous permet ce luxe ; car, dans cette geôle, nous ne recevons que l'allouance, le «pain du roi», c'est-à-dire une livre et demie de pain bis par personne et par jour, un peu de paille et une cruche d'eau croupie. Tout juste de quoi ne pas mourir de faim... Nous sommes là près de vingt femmes de tous âges. Certaines ne quittent plus leur grabat et gémissent tout le jour, d'autres vaquent à de menus travaux de raccommodage ou reprennent sans fin les mêmes récits de sang et de larmes : cela va de la terrible épidémie qui a sévi à Aigues-Mortes il y a deux ans et emporté huit prisonnières, au supplice de nos prédicants sur l'esplanade de Montpellier. Les plus anciennes se souviennent encore de la guerre des Camisards contre les gens du roi et évoquent les grandes figures de la rébellion : Rolland, Cavalier, Laporte, Mazel... leur mémoire est hantée par les carnages qu'on leur a contés et par des visions atroces : temples brûlés, maisons pillées, cruautés de toute sorte...

Je ne trouve un peu de réconfort qu'auprès de Marie Durand, une Vivaraise d'une trentaine d'années. C'est elle, souviens-toi, qui le soir de mon arrivée m'a accueillie, soutenue, bercée comme un petit enfant ; et je n'ai pas mis longtemps à comprendre quel était son rôle dans notre communauté. Dévouée à chacune, elle apaise les querelles qui s'élèvent parfois, ranime les courages défaillants, soigne les malades, rédige, en notre nom à toutes, des suppliques pour tenter d'intéresser à notre sort certains personnages haut placés. Inlassablement, elle sollicite l'aide de nos bienfaiteurs du Refuge* pour améliorer un peu notre ordinaire, car, dit-elle avec une étonnante gaieté, «il nous sera plus facile de résister aux séductions et aux menaces de nos persécuteurs si nous sommes nourries convenablement et chaudement vêtues !»

Dès le premier jour, elle m'a conté, avec simplicité, son histoire. Nous étions assises près de la cheminée. Le feu brûlait pauvrement ; je grelottais. Elle a posé sur mes épaules son fichu de laine et m'a offert l'abri sûr de ses bras,

---

* Nom donné à l'ensemble des pays où la liberté de culte était établie.

comme tu aurais pu le faire, me voyant transie et effrayée.

— Je suis née au Bouchet-de-Pranles en 1711, le 15 du mois de juillet, et je fus baptisée deux jours plus tard. Mon frère, Pierre, de onze ans mon aîné, fut mon parrain… Mon père, Étienne Durand, occupait la fonction de greffier consulaire ; c'était un homme pauvre, mais instruit. C'est lui qui m'a appris à lire et à écrire : il me faisait transcrire des passages entiers de l'Évangile… encore aujourd'hui je les sais par cœur.

Un léger sourire a effleuré ses lèvres tandis qu'elle récitait à mi-voix :

— *Vous êtes le sel de la terre. Mais si le sel vient à s'affadir, avec quoi le salera-t-on ? Il n'est plus bon à rien qu'à être jeté dehors et foulé aux pieds des gens. Vous êtes la lumière du monde. Une ville ne se peut cacher, qui est sise au sommet d'un mont. Et l'on n'allume pas une lampe pour la mettre sous le boisseau…*

— Il me semble que nous y sommes, sous le boisseau, a dit une voix sortant de l'ombre.

Marie, sans cesser de fixer les flammes, a répondu avec gravité :

— Ne croyez pas cela. Même au-delà de nos frontières, nos frères connaissent notre existence et pensent à nous. Notre faible lumière est comme un fanal allumé dans la nuit et ceux dont l'existence est tissée de périls, ceux qui doivent continuellement se cacher, qui risquent chaque jour la mort au nom de la liberté de leur conscience, retirent peut-être quelque espérance de notre lutte silencieuse. Nous devons montrer à tous que nos convictions sont inébranlables, ne jamais nous renier…

— On m'a dit que de nombreux catholiques réprouvaient, dans le secret de leur cœur, les persécutions qu'on nous fait subir, a ajouté une femme d'un certain âge, qui remuait le contenu de la marmite où cuisaient les dernières lentilles de la réserve commune.

— C'est vrai, Goutette. Il y a partout des âmes compatissantes…

Son étreinte s'est resserrée autour de moi tandis qu'elle poursuivait son récit :

— Mon père avait été arrêté une première fois en 1704, puis libéré. Pendant des années, ma famille a vécu dans l'angoisse, sans renoncer pour autant à prendre part aux assemblées du Désert. L'une de ces assemblées eut même lieu dans notre maison, le 29 janvier 1719. J'avais huit ans. Le subdélégué de l'Intendant du roi, à Privas, en fut informé ; au milieu de la nuit, il fondit sur notre village, à la tête de cinq compagnies… la plupart des assistants purent s'enfuir ; mais mon frère, accusé à tort d'avoir présidé l'assemblée, fut déclaré de prise de corps. Il aurait pu se réfugier en Suisse, comme tant des nôtres ; il choisit de rester, de devenir pasteur au Désert. Le 14 mai 1724, un édit condamnait à mort tous les ministres de notre religion, et aux galères, ou à l'emprisonnement à vie, les hommes et les femmes qui les auraient écoutés, hébergés, ou aidés de quelque manière… De nouveau, mon père fut enfermé au château de Beauregard. Ma mère mourut alors qu'elle allait être transférée à la citadelle de Montpellier. Je restai seule. J'avais ton âge, Madeleine, et je me sentais incapable de supporter à la fois la solitude et le chagrin ; aussi je me fiançai avec Mathieu Serre, un brave homme des environs… il était beaucoup plus âgé que moi, et mon frère était opposé à ce mariage. Mais il savait qu'il ne pouvait être pour moi d'aucun appui, dans sa situation. Et il y avait les terres, les bêtes, la ferme qui roulait à l'abandon.

Elle a baissé la tête, comme pour rappeler des souvenirs qui la fuyaient.

— J'en ai honte, mais le visage de Mathieu

s'est presque effacé de ma mémoire… Il a été enfermé au fort de Brescou, avec mon père, l'année où je fus conduite ici. C'était en 1730… il y a dix-huit ans.

— Dix-huit ans !

Saisie d'horreur, j'avais crié, malgré moi. Une main s'est alors posée sur la mienne : celle d'une jeune fille qui avait écouté le récit de Marie comme si elle l'entendait pour la première fois. Assise à nos pieds, elle reprisait une camisole usée. Son teint était d'une pâleur extraordinaire ; on eût dit que les rayons du soleil n'avaient jamais touché son visage. Et son regard reflétait le désespoir que je ressentais.

— Je m'appelle Élisabeth, a-t-elle murmuré. En hébreu, cela veut dire «maison de la joie». Élisabeth, la mal nommée. J'ai seize ans. Et je suis née ici. Ma mère est morte quand j'avais quelques mois…

J'en ai pleuré, ma sœur, toute la nuit, en étouffant mes sanglots pour ne pas réveiller Marie.

Le 12 janvier 1748

Ma très chère sœur,

Tu es sans doute surprise de ce que j'ai tant tardé à te faire réponse ; mais nous avons passé un Noël bien triste. Toutes nos provisions épuisées, nous étions réduites à l'allouance, ce pain du roi qui me semble si fort amer. Pour ménager nos forces et préserver le peu de chaleur de nos corps, nous restions étendues sur nos paillasses une grande partie du jour, serrées les unes contre les autres. Un air glacial s'infiltrait par toutes les ouvertures, et nous avons tenté d'en boucher quelques-unes avec de la paille ; mais, comme le feu tirait mal, la fumée nous arrachait des larmes, et les malades – elles sont nombreuses, frappées de pleurésie ou de congestion – s'épuisaient en quintes de toux interminables. Nous avons dû, à regret, rouvrir toutes les brèches…

Marie Durand a multiplié les démarches pour nous sortir de ce dénuement extrême. «Nos frères ne nous ont pas abandonnées», disait-elle quand elle nous entendait murmurer ou nous plaindre, «s'ils ne nous envoient point de secours, c'est qu'ils n'ont pas les moyens de soulager notre détresse… Prenez patience.»

Elle avait raison de nous exhorter : deux jours après Noël, nous avons reçu, de nos bienfaiteurs d'Amsterdam, une somme d'argent que nous avons partagée, ainsi que du lard salé, du riz, du savon, de l'huile d'olive, du poivre, du coton filé et du fil à coudre. Quelques cannes de refoulé* permettront à celles dont les robes tombent en lambeaux de se vêtir décemment. La mienne est encore bonne, et j'avais pu me munir, au moment de mon arrestation, de trois chemises, d'une camisole et d'un mouchoir de cou ; mais si tu pouvais me faire tenir deux paires de bas chauds, je t'en serais bien reconnaissante. Envoie-moi aussi un peigne, car j'ai

---

* Tissu de laine particulièrement solide, passé deux fois au foulon (machine qui resserre les fibres de tissu).

grand mal à démêler mes cheveux, et je les tords tant bien que mal sous mon bonnet, en songeant avec mélancolie à ma coquetterie de naguère.

Comme nous avions quelques livres de bon argent, nous avons pu passer nos commandes auprès du concierge de la Tour, qui ne refuse jamais de faire une commission. Cet homme a pour les misérables que nous sommes des complaisances qui n'iraient pas jusqu'à la complicité, je pense, mais nous sommes au moins assurées de sa bienveillance. Certains de nos geôliers semblent d'ailleurs avoir honte du métier qu'ils font et nous traitent avec assez de douceur. Il est vrai qu'ils ont vu mourir tant des nôtres, depuis Suzanne Charrier, condamnée en 1708! Nous ignorons le nombre exact de celles qui nous ont précédées; mais certains noms se disent et se redisent parmi les prisonnières, comme une prière : Anne Saliège, Marguerite Forestier, Suzanne Loubière, Jeanne Mazauric, Espérance Durand, Jacquette Paul, Catherine Guidès, Isabeau Amat, et cette Marie de la Roche, dame de la Chabannerie, qui tint lieu de mère à Marie Durand lorsqu'elle avait mon âge... Mortes, toutes, des fièvres, de privations, de chagrin...

En ce soir de décembre, notre peine s'allégeait un peu ; certaines ont demandé des raves et des fèves, du fromage de chèvre s'il s'en pouvait trouver. Et nous, les montagnardes, celles de l'Aigoual, du pays raïol, nous avons voulu des blanchettes*. Nous les avons cuites dans une eau sans sel, à la mode du pays. Cette cuisson a mis longtemps à se faire. Réunies près de l'âtre, nous avons évoqué à mi-voix les souvenirs des Noëls passés ; de temps en temps, l'une de nous se levait et remuait le contenu de la marmite avec un morceau de bois. Élisabeth, la jeune fille dont je t'ai parlé dans ma précédente lettre, était assise à côté de moi. Elle te ressemble un peu, blonde comme toi, d'un blond roux, avec une peau laiteuse et des yeux gris légèrement rapprochés. Depuis que je suis arrivée, elle ne cesse de me rendre, discrètement, mille petits services : je crois qu'elle est heureuse d'avoir une compagne de son âge, dans la mesure où l'on peut être heureuse ici. Elle parle peu, semble toujours se retenir d'éclater en cris de révolte et de douleur. Quand je la regarde, les larmes me viennent aux yeux : ima-

* Châtaignes séchées au feu.

gine, ma sœur! Avoir grandi dans cette Tour! Jamais elle n'a entendu chanter une rivière, jamais elle n'a couru dans l'herbe haute de mai, jamais elle n'a respiré d'autre air que ce vent salé et empoisonné par les miasmes des marécages! Elle a fait ses premiers pas derrière cette muraille, elle a joué sur ces dalles glacées – elle n'a pris, de la vie, que le fiel, et non le miel qui ne devrait jamais être mesuré aux petits. Souvent, elle me questionne sur mon enfance, sur nos villages, nos maisons; elle est avide d'apprendre. Je vois au froncement de ses sourcils qu'elle essaie de se représenter tout cela, mais elle n'y parvient pas et cela la torture comme si elle était née infirme. Alors, pour ramener le sourire sur ses lèvres, je lui conte de menues choses : je lui décris les grands repas où venait tout le voisinage, quand nous récoltions les cocons des vers à soie sur leur lit de bruyère; je lui parle des minuscules «bibles de chignon» que nous glissions dans l'épaisseur de nos cheveux pour nous rendre aux assemblées interdites; j'imite le chant de la fauvette et celui de la grive draine, celui de la pie-grièche, de la linotte… alors il me suffit de clore les paupières pour revoir les clochettes mauves des campanules qui bordaient le chemin du bois, derrière la maison de mon père, et j'oublie, pour un bref instant, le froid, la faim, la saleté, et surtout la peur, qui me chuchote à toute heure cette question insidieuse et cruelle : «J'ai quinze ans… vais-je mourir ici?»

Le 1ᵉʳ mars 1749

Ma sœur,

Tu as donc été malade ; c'est une lettre de ta mère qui me l'apprend aujourd'hui. Tu souffres de la poitrine, m'écrit-elle. Je t'en supplie, consulte un médecin, prends bien soin de toi ; car ici nous ne pouvons trouver aucun remède, et le spectacle de tant de maux physiques me désole : certaines de mes compagnes ont des fluxions au visage qui les font crier la nuit ; ou bien il leur descend des eaux de la tête dans l'estomac, et elles pensent mourir à tout instant. Notre prison ruisselle sous les grandes pluies, il fait sombre et froid. Toutes sont abattues à tel point que des disputes éclatent pour un oui ou pour un non ; Marie a bien de la peine à ramener la paix. De plus, elle est elle-même la cible des attaques d'une certaine Isabeau Sautel, la belle-mère de son défunt frère Étienne, le pasteur du Désert. Il est vrai que cette femme, en son grand âge, a subi bien des épreuves : son fils a été condamné aux galères, son gendre a péri sur l'échafaud, sa fille a dû s'exiler en Suisse avec ses enfants, et elle-même, ruinée, a été arrêtée et conduite dans cette Tour... Mais elle rend Étienne et sa sœur responsables de tous ses malheurs et ne cesse de maudire leur constance où elle ne voit qu'entêtement et orgueil. Marie la sert avec dévouement et tente de lui adoucir, du mieux qu'elle peut, les rigueurs de sa captivité. Cependant sa douceur et sa complaisance sont invariablement accueillies par des insultes. À la suite d'une attaque qui lui a paralysé tout un côté du corps, elle est alitée ; je lui ai proposé plusieurs fois mon aide pour les soins de sa toilette, ou ses repas qu'elle ne peut prendre seule : elle a toujours refusé. Elle préfère tourmenter Marie, qui se laisse rabrouer avec patience.

— Allons ! Vous avez encore renversé une cuillerée de soupe. Quelle maladroite ! Êtes-vous assez fière, pourtant, de votre éducation ! Vous vous croyez supérieure à toutes ici...

tout juste si vous ne rendez pas la justice ! Mais qui me fera justice, à moi qui ai tout perdu par votre faute ? Je ne suis pas dupe de vos grands airs. Et cette soupe est froide ; je n'en veux pas. Remportez-la, partez, je ne supporte plus de voir votre sotte figure... je ne supporte plus cette prison puante... qu'ai-je de commun avec vous toutes ? Non, allez-vous-en. Laissez-moi tranquille.

Et Marie s'éloigne, sans un mot de reproche. Cette scène se reproduit deux ou trois fois par jour ; jamais elle ne trahit son impatience ou sa colère. Mais ses yeux brillent de larmes contenues. J'en ai le cœur navré. Moi, qui ne suis pas une sainte, je ne me retiendrai peut-être pas toujours de dire son fait à cette méchante femme. Je m'en suis ouverte à Marie, qui m'a souri avec indulgence :

— Isabeau est méchante parce qu'elle est malheureuse, Madeleine... j'aurais honte de ne pas m'occuper d'elle. Après tout, elle est tout ce qu'il me reste de ma famille, et je dois l'assister jusqu'au jour où elle quittera ce monde pour aller vers le Père des Esprits.

Je me suis tue. Je ne puis comprendre cet empressement à souffrir... Ta mère, ma chère Sarah, trouvera que j'ai peu changé : toujours prompte à la colère, comme à sept ans, quand je me battais avec les garçons dans la poussière du chemin, et revenais meurtrie, le tablier déchiré, me faire gronder et panser.

Un autre événement assombrit encore notre réclusion : deux des prisonnières, Jacquette du Rozier et Catherine Lassalle, ont renié leur foi. Depuis des semaines, elles chuchotaient entre elles, entourant de mystère leurs conversations, et correspondaient assidûment avec le curé d'Aigues-Mortes. Il faut que tu saches que, dans la Tour, nous sommes libres de prier entre nous et de lire les Écritures ; nous ne voyons le prêtre que si nous le demandons, et nous ne sommes pas forcées d'assister à la messe. Mais cette Jacquette a écrit à l'intendant du Languedoc, Le Nain, une lettre où elle se disait condamnée par erreur ; elle se prétendait bonne catholique et prête à fournir des preuves de son zèle. L'intendant aurait déclaré qu'une attestation du curé n'était pas suffisante et qu'il lui fallait justifier d'une abjuration publique pour obtenir sa libération. Déjà, en 1742, plusieurs Nîmoises avaient agi de la sorte, et rien – ni les remontrances ni les témoignages d'affection de leurs compagnes de captivité – n'avait pu ranimer leur volonté défaillante.

Jacquette et Catherine ont abjuré hier dans la chapelle du château. Je n'étais pas présente; mais tout le temps qu'a duré cette cérémonie, j'ai tenu les mains d'Élisabeth, qui tremblait. Ses yeux, sous son béguin de toile bleue, paraissaient immenses.

— Madeleine, m'a-t-elle demandé en chuchotant, crois-tu que ce soit si grave de se prêter à ce qu'ils demandent? Beaucoup sont redevenues protestantes dans leur cœur, sitôt sorties d'ici... on m'a dit qu'une femme Michel, qui a abjuré en 42, a refusé au dernier moment de signer l'acte, prétendant qu'elle était illettrée, ce qui était faux. Nous avons bien le droit, après tout, de tromper ceux qui nous tourmentent de la sorte!

Je ne savais quoi lui répondre. Marie Durand se trouvait alors non loin de nous, assise sur sa paillasse; elle semblait absorbée dans une méditation silencieuse. À ces paroles, elle a relevé la tête.

— L'an mil sept cent quarante-neuf, a-t-elle récité d'une voix monocorde, est entrée dans le giron de l'Église, de sa pure et franche volonté, après avoir abjuré les erreurs de Luther et de Calvin, en face de notre Mère Sainte Église catholique, apostolique et romaine, Élisabeth

Fontvieille, desquelles erreurs nous l'avons absoute en conséquence du pouvoir qui nous a été donné par Monseigneur l'illustrissime et révérendissime l'évêque de Nîmes, aussi j'atteste...

— Oh, Marie! a protesté Élisabeth.

— C'est pourtant le texte que tu signeras, si tu faiblis, si tu te persuades qu'il n'y a aucun mal à être hypocrite! Approchez-vous, toutes les deux...

Elle a saisi ma main et a appliqué mes doigts contre la pierre de la margelle qui se trouve au-dessus de la salle des gardes.

— Sens-tu, Madeleine? Un mot est gravé, là. Élisabeth le connaît bien, même si elle l'a oublié un moment... Penche-toi. Déchiffre-le.

J'ai obéi. Les lettres, malhabiles, avaient dû être creusées avec la pointe d'un ciseau.

— «Register»...

— Résister, a dit Marie. C'est ainsi qu'on parle dans le Vivarais, dont je suis originaire... C'est pour cela, sans doute, que nombre de nos compagnes croient que j'ai moi-même gravé ce mot. Je m'en défends en vain... mais peu importe : il symbolise la patience et le courage de nombreuses prisonnières. Leur résistance doit devenir la nôtre. Il ne faut pas que nos pasteurs, nos combattants soient morts pour rien.

Elle s'échauffait :

— Nous aussi, nous sommes des combattantes : pour nos frères qui souffrent tant sur les bancs des galères, pour nos sœurs enfermées, pour tous ceux qui doivent baisser la tête, nous devons réclamer hautement la liberté de conscience et la justice égale pour tous, et faire de nos misérables vies un exemple. Vois-tu, Élisabeth, ajouta-t-elle plus doucement, je ne peux pas oublier que c'est un apostat* qui a dénoncé mon frère…

Élisabeth, qui, tandis que Marie parlait, avait glissé à genoux, a caché son visage dans les plis de la longue jupe brune et s'est écriée :

— Pardon, Marie… je sais tout cela, mais je voudrais tant vivre ! Vous autres, vous avez au moins des souvenirs… de l'espoir ! Moi, je n'espère rien, je suis comme morte !

Marie l'a relevée et lui a souri avec bonté, lissant les mèches de cheveux qui s'étaient échappées de son bonnet.

— Le temps nous semble long à toutes… et

* Homme ayant renié sa foi. Ici, protestant ayant embrassé la religion catholique.

en effet il l'est, parce que nous sommes naturellement impatientes. Mais, crois-moi, si nous cherchons le règne de Dieu, et sa justice, toutes les autres choses nous seront données par-dessus. Veux-tu prier avec moi?

Mon amie a hoché la tête et l'a suivie docilement. Mais j'ai bien vu qu'elle n'était pas convaincue. Comment l'en blâmer? Tant de perfection, de force d'âme, me paraissent parfois, à moi aussi, inhumaines. J'ai peur, Sarah. Peur de ma propre faiblesse. Peur de céder un jour à cette colère qui me jette contre les murs, m'écorchant les paumes aux arêtes vives des pierres, frénétique et impuissante comme ces oiseaux que ton frère prenait au lacet et enfermait dans de petites cages d'osier pour nous amuser. Nous leur donnions du pain trempé, qu'ils refusaient... Plus jamais je ne prendrai plaisir à tenir un animal captif, plus jamais je n'enfermerai une fauvette ou un bruant* dans une cage d'osier. Plus jamais. De cela, au moins, je suis sûre.

* Petit passereau de la taille du moineau.

Le 14 mai 1749

Sarah, ma sœur,

On nous permet ces jours-ci de descendre
dans la basse-cour du Fort, qui se trouve entre
la caserne et le château, deux heures l'après-
midi. Certaines de nos compagnes, trop
malades, n'ont pu profiter de cette charité ;
d'autres se sont trouvées mal sitôt à l'air libre,
n'étant plus accoutumées au soleil ni au vent,
et ont demandé à remonter dans leur geôle.
Marie Béraud, qui est aveugle, haussait vers
le ciel son visage ridé et creusé par les privations, en riant comme une enfant. Guidée par
Anne Gaussent, elle s'est assise sur l'unique
banc de pierre ; nous lui avons apporté de la
terre du jardinet, qu'elle a laissée couler entre
ses doigts, des fleurs qu'elle a respirées avec

délices, une feuille de platane, une plume de mouette. Ravie, elle penchait la tête de côté, comme un oiseau, attentive à chaque son, à chaque souffle.

— Sentez-vous ? La mer n'est qu'à une lieue d'ici, elle nous envoie une bouffée saline… Je sens l'odeur des genêts… et celle des tourtes à l'anguille que l'aubergiste vient de sortir du four ! Comme le marteau du forgeron sonne clair ! Il est en train de ferrer un cheval. Oh, ce n'est pas un cheval de bât. Sans doute un de ces coursiers d'Espagne, qui ont le pied fin.

— Comment le savez-vous ? a demandé Anne Gaussent.

— Je l'entends… le marteau ne chante pas toujours de la même façon !

Quelle griserie, Sarah ! La lumière, la chaleur, les parfums portés par la brise ! Je me sentais éblouie, étourdie ; mes jambes tremblaient. Je me suis accrochée au bras d'Élisabeth et nous nous sommes jointes à un groupe de prisonnières qui déambulaient sous la surveillance distraite de quelques hommes d'armes.

— Ils n'ont pas l'air de craindre une évasion, a remarqué Suzanne Pagès.

— Regarde la hauteur des murs qui nous entourent… a répondu Catherine Rouvière en haussant les épaules. Ils auraient tort de se mettre sur le pied de guerre pour quelques femmes !

Curieuse, j'ai demandé :

— N'y a-t-il jamais eu d'évasion ?

— Si, a repris Suzanne. Abraham Mazel, un Camisard, s'échappa avec seize de ses compagnons, le 24 juillet 1705.

— Mais par quel moyen ?

— Ils ont patiemment descellé plusieurs grosses pierres du mur de la Tour, près de l'une de ces meurtrières si étroites que nous ne pourrions y passer le bras, encore moins la tête…

— Et personne n'a rien soupçonné ?

— C'est là le plus beau. Pendant six mois, ils ont gratté la pierre avec des outils de fortune : un couteau ébréché, un morceau de fer passé au feu… une paillasse, disposée devant la meurtrière, dissimulait leur activité de fourmis. Tandis que les uns agrandissaient l'ouverture, les autres détournaient l'attention en chantant des psaumes. Les gardiens n'ont jamais remarqué quoi que ce soit. Mais il leur fallait prendre de grandes précautions, s'interrompre fréquemment, s'en remettre enfin à l'entière loyauté des autres prisonniers.

— Mais comment sont-ils descendus ? a

demandé Élisabeth. Ils pouvaient se rompre le cou !

— Ils ont déchiré leurs draps, noué et tressé les bandes de manière à fabriquer une grosse corde. Ils ont attendu la nuit et se sont laissés glisser dans le vide, jusqu'aux fossés de la Tour.

— Mais ensuite ?

— Ils se sont cachés plusieurs jours dans les marécages, pour décourager leurs poursuivants. De là, ils ont gagné les montagnes.

J'ai soupiré. Les montagnes… comme elles me manquaient ! Plus cruellement encore en cet instant, alors qu'un souffle embaumé caressait mes lèvres et que je pouvais presque croire que la prison puante qui m'attendait là-haut n'était qu'une fantasmagorie due à la fièvre ou à un mauvais sommeil.

Élisabeth, en me pressant la main, m'a tirée du songe douloureux où je m'étais abîmée.

— Ne rêve pas trop d'évasion, a-t-elle chuchoté. Ils ont grillé les meurtrières, désormais… et jamais nous ne pourrions survivre dans les marais. On m'a dit que bien des hommes aguerris s'y perdaient. Sans compter les sangsues, les moustiques, la soif… Crois-moi, a-t-elle ajouté, il y a des moyens plus sûrs de sortir d'ici.

Nous nous étions un peu éloignées des autres. Saisie, je l'ai dévisagée.

— Tu ne penses pas à…

— Non, non, a-t-elle répliqué très vite – trop vite. Mais peut-être nous accordera-t-on une grâce? Si nous promettons de ne plus nous rendre aux assemblées? De nous abstenir de toute pratique extérieure de notre religion? Ce n'est pas abjurer, cela!

Je suis restée silencieuse, le cœur étreint. J'étais triste qu'elle se déclarât prête à semblables concessions; je voulais aussi me défendre contre l'espoir que ses paroles avaient éveillé en moi.

Nous avons fait quelques pas, sans plus parler. Puis j'ai senti de nouveau sur ma manche sa main légère.

— Ne te retourne pas tout de suite, a-t-elle soufflé. Il y a là quelqu'un qui ne te quitte pas des yeux.

— Qui? ai-je demandé à voix basse.

— Un jeune homme… un officier… de belle mine, a-t-elle conclu en pouffant.

Lentement, en adoptant une allure de flânerie, nous avons fait demi-tour. Le jeune officier était appuyé au tronc de l'un des deux platanes de la cour. En nous voyant revenir vers lui, il a fait un pas en arrière, et l'ombre déjà dense des feuillages a joué sur son front et ses joues hâlées. Bien pris dans son uniforme, il ne devait guère avoir plus de vingt ans ; ses cheveux blonds étaient rejetés en arrière et serrés dans un nœud de velours noir. Quand ses yeux ont rencontré les miens, il a esquissé un salut respectueux et s'est éloigné rapidement.

— Il te trouve belle, Madeleine… a dit Élisabeth. Il a raison : tu es la plus éclatante, ici…

— Ne dis pas de sottises, ai-je répondu un peu plus sèchement que je ne l'aurais voulu.

Mon amie m'a coulé un regard en coin et s'est tue. Le gardien donnait l'ordre de remonter.

— C'est assez pour aujourd'hui, mesdames… allons, ne faites pas d'histoires : le major Combelles est un brave homme, ne lassez pas sa mansuétude…

Les yeux brûlés par la lumière ardente, nous avons gravi les marches en tâtonnant. Sitôt entrée dans la salle, je suis allée m'asseoir sur ma paillasse. Une houle de chagrin me submergeait. Élisabeth s'est lovée à mes côtés : elle chantonnait en écossant des fèves, apparemment absorbée par sa tâche. Mais, de temps à autre, son regard passait sur moi, et un fin sourire étirait les coins de sa bouche.

Le 25 mai 1749

Je ne peux pas te le cacher, ma sœur : je l'ai revu. Chaque jour, à l'heure de la promenade, je vois sa silhouette se profiler contre le bleu immuable du ciel. Car la nature est en fête, le printemps plus exubérant que dans nos montagnes, et il est bien dur de se dire que cette fête est donnée pour d'autres. Derrière les épaisses murailles qui nous retranchent du monde, des garçons et des filles se parlent et se sourient, prennent part à la joyeuse animation des rues, ou s'en vont, main dans la main, le long des roubines*. Des voix viennent jusqu'à nous, des cris, des appels, des bribes de chansons, un air de fifre : la vie passe au-dessus de nos têtes et nous oublie.

* Canaux faisant communiquer les étangs avec la mer (on dit aussi « robines »).

De la salle haute, il est presque impossible de voir quoi que ce soit du mouvement de la cité : les rues sont trop étroites, trop encaissées. Une ou deux fois l'an, pourtant, il y a joute de bateaux à rames sur le canal ; les captives se pressent aux meurtrières pour recueillir les miettes du spectacle. Les jeunes garçons de la ville s'affrontent, lance en main, protégés par des boucliers multicolores. Les barques sont parées de drapeaux et le son des hautbois monte dans l'air doux. Le soir, on tire un grand feu d'artifice en l'honneur des vainqueurs. Anne Gaussent, qui a assisté plusieurs fois à ces réjouissances, me les a maintes fois décrites :

— Des roues de feu, des girandoles de lumière... des bouquets bleus, rouges, verts comme l'angélique confite... Une fois même, des fleurs de lis ont tremblé et scintillé dans le ciel noir... je n'avais jamais vu pareille merveille !

— Tais-toi donc, folle que tu es, a répliqué sèchement Catherine hier matin, alors qu'Anne s'attardait complaisamment à faire revivre ces visions éblouissantes et fugitives. Ne vois-tu pas que tu attristes cette enfant ? Elle n'en verra pas de sitôt, des feux d'artifice ! Voilà des années qu'on ne donne plus de tournoi... le royaume est en piètre état. Personne n'a plus le cœur à s'ébaubir devant des marottes et des farces d'artificier…

J'ai pris prétexte d'avoir à porter à la lumière du jour la chemise que je reprisais, pour mieux voir mes points, et je me suis éclipsée. Pouvais-je dire à Catherine que j'en rêvais, moi, de ces distractions futiles qu'elle semblait tant mépriser ? Que j'avais envie de m'attifer, de porter un manteau de robe en satin bleu glacier, un fanchon de dentelle sur les cheveux et des bas à jours ? Que mes nuits étaient hantées par le regard de deux yeux noirs, brillants et doux, des yeux qui osaient à peine rencontrer les miens une seconde, pour se détourner aussitôt avec une apparence de froideur ?

L'après-midi, quand il nous est loisible de descendre dans la cour, je brosse ma cotte, je tâche d'arranger mon corsage en drapant dessus la mousseline que tu m'as envoyée et que je lave chaque jour pour qu'elle reste bien blanche. Élisabeth m'aide à me coiffer. Elle ne m'a plus dit un mot au sujet d'une grâce possible : mais je sens qu'elle y songe sans cesse. Madame la Major lui a commandé plusieurs ouvrages de couture et de broderie, car elle a des doigts de fée. Il n'est pas exceptionnel que des prisonnières exécutent ce genre de travaux, pour des bourgeois de la ville ou les femmes des officiers de la garnison. D'autres filent la laine ou font des vers à soie. L'argent ainsi récolté sert à toutes : nous mettons en commun nos ressources et nos réserves, les unes et les autres bien maigres, hélas! Élisabeth a brodé ainsi deux paires de mitaines de soie blanche, à petit dessin, un corps de robe doublé de satin vert, plusieurs chemises de mousseline; le tout si délicat que Madame la Major est montée jusqu'ici pour remercier son ouvrière. Elle a pris mon amie à part et l'a entretenue longuement. Je me trouvais alors près de la cheminée où j'accommodais une soupe de quelques légumes. J'avais chaud, la sueur coulait sur mon front; je me suis approchée d'une embrasure, espérant un souffle d'air. Élisabeth, debout, baissait la tête. Madame, assise sur une escabelle, tenait ses deux mains emprisonnées dans les siennes; elle parlait bas, avec un accent de persuasion contenue.

— Ma chère petite, réfléchissez, je vous en conjure, ai-je entendu. Vous n'ignorez pas que j'ai le pouvoir de...

Elle a jeté vers moi un bref coup d'œil et s'est interrompue. Puis elle a repris, plus haut :

— Il faut que je vous consulte pour ce meuble

de tapisserie abîmé... Vous seule, je le crois, pouvez réparer les dommages. Un garde vous escortera demain jusqu'à mon appartement.

En descendant à la promenade, j'ai tenté de mettre Élisabeth en garde :

— Cette femme cherche à t'endormir en te flattant... mais tu sais ce qu'elle veut ! Si tu abjurais, ce serait une gloire pour elle... Pense à moi, pense à la peine que tu causerais à Marie...

Elle s'est redressée, les yeux étincelants.

— Ce que je sais, c'est que tu es jalouse ! a-t-elle sifflé entre ses dents serrées. Ou peut-être veux-tu insinuer que mes mérites sont trop minces pour attirer l'attention d'une personne de qualité ? Tu fais bien la fière, depuis que le petit lieutenant s'arrange pour marcher chaque jour sur l'ombre de ta robe ! Crois-tu que je ne vois pas votre manège ? Le soin que tu mets à disposer une écuelle remplie d'eau derrière ta paillasse, pour qu'elle te serve de miroir ? Et je passe un doigt mouillé sur mes sourcils, et je tapote ma mousseline ! Ne parle pas de Marie, veux-tu ? Je l'ai entendue te complimenter sur le soin nouveau que tu apportais à ta toilette :

la malheureuse y voit une forme de courage!
Je pourrais, d'un mot, éclairer son ignorance...

J'ai rougi. Elle avait raison. J'avais accepté
sans honte les compliments de Marie, parce
qu'en quelques jours ces rencontres quotidiennes étaient devenues ma raison de vivre.
Parce que je m'éveillais, le matin, un sourire
aux lèvres. Parce que mon cœur battait plus
fort. Parce que je me sentais à nouveau jeune
et point désagréable à regarder...

L'aigreur d'Élisabeth, toutefois, m'avait souffletée; lui tournant le dos, je me suis rappro-
chée de Marie, bien décidée à ne pas laisser mon
regard vagabonder. «Je ne ferai pas attention à
lui, me suis-je promis. Je garderai la tête bais-
sée... mon indifférence simulée le découragera...»

J'avais pris, comme tu le vois, des résolutions
extrêmes; mais Marie, au bout d'un quart
d'heure, s'est sentie lasse, les jambes lourdes
et la poitrine oppressée; elle a voulu s'asseoir
sur le banc et m'a chassée d'un geste affectueux:

— Va, petite... à ton âge, on a besoin d'exer-
cice! Je veux te voir des joues roses tout à
l'heure...

Je n'ai pas osé protester et je me suis éloignée, emboîtant le pas à deux anciennes qui
marchaient de long en large en fredonnant un

cantique. J'avançais mécaniquement, un pas
après l'autre, enfoncée dans une songerie
morose; je ne voyais rien que le balancement
de leurs jupes, l'une grise, l'autre couleur de
boue. Le ciel s'effaçait; les bruits de la rue ne
m'atteignaient plus, sinon comme un chucho-
tis de vagues lointaines. Un engourdissement
me gagnait : il me semblait possible et même
doux, à cet instant, de laisser filer ma vie ainsi,
de m'ensevelir vivante et muette dans cette prison pour la plus grande gloire de Dieu.

Un appel aigu m'a ramenée à la réalité. Un
groupe d'oiseaux tournoyait à faible altitude :
ils semblaient entrer et sortir d'une brèche dans
le rempart.

— Ce sont des choucas, a dit une voix derrière moi. Il y a un nid, là-haut.

Je me suis retournée vivement, comme si un
taon m'avait piquée. C'était lui, tu l'as deviné.
Nous avons échangé un regard – ou devrais-je
dire que ses yeux ont pris les miens, les ont
retenus, sans que je trouve la force de fuir? Ma
voix tremblait quand j'ai questionné :

— Peut-on choisir de faire son nid en ce lieu?

— Mais oui...

Il souriait.

— Les œufs viennent juste d'éclore... regardez!

Il désignait un point au-dessus de nos têtes.

— La femelle va et vient, avec de la nourriture dans son jabot pour les oisillons. Le mâle est au bord du nid; vous voyez sa calotte bleutée? Beaucoup n'aiment pas les choucas à cause de leur cri strident, ou les confondent avec les freux*. Ils sont plus petits pourtant... et ils volent merveilleusement bien. Ils aiment cela, je crois. Je les regarde souvent, et j'y prends plaisir. Ils plongent dans l'air comme des marsouins qui jouent dans les vagues...

— Et vous enviez leur liberté? Pourtant, la vôtre n'est que mesurée par votre service...

J'avais parlé d'un trait, sans réfléchir. J'aurais voulu pouvoir rattraper les mots sitôt prononcés. Mais il était trop tard. Je me suis mordu les lèvres : je ne voulais pas de sa pitié. J'ai esquissé un mouvement pour m'éloigner.

— Attendez!

Le ton était suppliant.

— Ma liberté vous appartient... vous le savez bien. Et je pourrais vous offrir la vôtre, si vous le vouliez.

Sarah, Sarah, que vais-je devenir?

* Corbeaux.

Le 30 juin 1749

Sarah,

Si tu ne me pressais pas avec autant de bonté
et de compassion de continuer mes lettres, si
je ne sentais pas, à chaque ligne tracée de ta
main, que ta tendresse retient ton jugement,
et que ton seul désir est de laisser s'épancher,
sans les condamner, mes folles espérances, mes
alarmes et mes angoisses, j'hésiterais aujour-
d'hui à t'écrire. Élisabeth est partie ! Je l'ai vue
s'éloigner, raide et pâle, entre deux gardes, ser-
rant contre sa poitrine un bout de tissu noué
qui suffisait à contenir ses quelques objets per-
sonnels. Je l'ai vue disparaître sans un regard
pour moi, sans une parole à Marie qui s'est
efforcée pendant tant d'années de lui remplacer une mère, sans un signe à toutes ces femmes

qui l'ont vue grandir, qui parfois se sont privées du nécessaire pour que son écuelle soit mieux remplie, pour la garder du froid, de la maladie et de la mort…

Elles ne l'ont pas gardée du désespoir. Peut-on le leur reprocher ? Et moi ? Je savais quelle menace planait sur elle. Je connaissais sa fragilité, sa détresse, je la devinais facile à séduire. Aurais-je dû prévenir Marie ? Ne me suis-je pas, par mon silence, rendue complice de ceux qui ont travaillé dans l'ombre à ce rapt ? Par dépit, parce que ma fierté avait été blessée, j'ai laissé s'installer entre nous une longue bouderie, lui refusant ainsi amitié et secours.

Depuis quelques semaines, elle se rendait tous les jours dans les appartements de Madame la Major, pour donner ses soins à des panneaux de broderie abîmés ; c'était du moins le prétexte qu'on donnait à ces absences qui duraient parfois plusieurs heures. Elle en revenait chaque fois un peu plus silencieuse. J'avais remarqué qu'elle ne se joignait plus que du bout des lèvres aux prières communes, qu'elle se retranchait des conversations et se tenait aussi loin de moi que la disposition des lieux le lui permettait. N'ayant pu transporter sa paillasse en un autre point de la salle, elle me tournait le dos sitôt couchée et feignait un sommeil profond ; mais je l'entendais, tard dans la nuit, s'agiter, soupirer, et même parfois gémir comme un enfant effrayé par un mauvais rêve. Pourquoi n'ai-je pas tendu la main vers elle ? Quelle rancune imbécile me paralysait ? J'étais sotte, je me croyais dans mon bon droit, je voulais qu'elle s'excusât de son emportement. Pendant ce temps, elle se perdait.

Nous savons, maintenant – certains gardes ont pris un malin plaisir à nous faire comprendre à quel point nous avions été dupées – qu'elle rencontrait, chez Madame Combelles, le curé d'Aigues-Mortes, qui l'instruisait dans la religion catholique ; qu'on lui a fait des promesses, et notamment de veiller à son établissement. Elle restera quelque temps dans un couvent, près de Beaucaire ; les dames de la ville lui ont constitué une dot et un trousseau, et elle ne sortira du cloître que pour être remise aux mains d'un époux, soigneusement choisi non parmi les nouveaux convertis, dont la foi n'est pas sûre, mais parmi les jeunes gens de mérite qui servent dans l'armée de Sa Majesté en pays cévenol. Ce dernier trait me paraît un raffinement de cruauté : ne lui faudra-t-il pas se soumettre à un homme qui peut-être a massacré un parent, un allié ? Je sais, ma sœur, ce que tu vas penser, et peut-être dire à voix haute : oui, moi aussi, j'ai été tentée par cette soumission-là. Moi aussi, j'aurais aimé confier à un autre le soin de ma personne, de mon honneur, de ma vie. Moi aussi, j'aurais pu renier les miens – par amour. Mais que sais-je, en vérité, de l'amour ? J'ai été attirée par les agréments d'une belle figure et d'une silhouette bien tournée, grisée par les hommages presque muets qui s'adressaient, pour la première fois, à ma personne ; ah, Sarah, de cela je ne regrette rien, car j'ai eu mon printemps, un printemps pauvre comme ces plantes couleur de rouille qui croissent, on ne sait comment, entre les pierres les mieux appareillées. Je sais que je ne puis espérer de meilleur lot, et le prix à payer pour ces quelques instants de douceur est excessif. La perte d'Élisabeth… Élisabeth qui ne sera pas heureuse, je le sais, qui se haïra elle-même et qui haïra à la longue ce mari qu'un fanatisme borné lui impose.

Son abjuration a eu lieu hier, nous apprend-on, en l'église Notre-Dame-des-Sablons et en public ; tout ce qu'Aigues-Mortes compte de bourgeoisie cossue s'y était rassemblé, ainsi qu'une foule de petites gens venus là comme au spectacle. Les dames sanglotaient sous leur mantille comme si le ciel avait opéré, à leur intention particulière, un de ces miracles éclatants dont il est si fort avare ces temps-ci. Les messieurs se congratulaient sans doute : une pénitente jeune, belle, émue, voilà de quoi frapper l'imagination du peuple ! Nous ignorions tout de ce qui se tramait : quand Élisabeth est rentrée, hier soir, j'ai seulement vu qu'elle avait les yeux rouges. Elle a refusé toute nourriture, mais même cela ne m'a pas alarmée, car cela lui arrivait souvent. Et ce matin, quand les gardes sont entrés et qu'elle s'est levée, les doigts crispés sur la toile de son baluchon, je n'ai pas compris qu'elle allait nous être enlevée, pas avant de la voir marcher vers la porte, ou plutôt fuir, les yeux baissés, sans se retourner.

Si seulement, Sarah, si seulement elle s'était retournée !

Le 10 juillet 1749

Sarah, ma chère sœur,

J'ai reçu de nouveau une lettre de ta mère :
elle me mande tous les soins que tu as pour
notre maison désertée, afin, écrit-elle, qu'elle
ne soit point trop délabrée le jour où j'y revien-
drai. Qu'elle évoque ainsi une possible libération m'a fait sentir que j'appartenais encore au
monde des vivants et me permettra peut-être
de repousser l'angoisse qui s'abat sur moi
chaque matin comme une chape de plomb,
quand j'ouvre les yeux sur la haute voûte ner-
vurée, percée de son puits circulaire. Grâce à
toi, la pierre du seuil ne se couvrira pas de
mousse, la clenche ne rouillera pas dans le
silence, l'âtre verra, aux jours les plus humides
de l'automne, quelques flambées. Surtout ton
pas réveillera les vieux murs, et peut-être vien-

dras-tu t'asseoir quelquefois, pour coudre, à la fenêtre de ma chambre... Te souviens-tu des chansons que nous fredonnions en tirant l'aiguille ? L'une d'elles nous avait été apprise par un colporteur : elle contait les amours scandaleuses et adultères du bon roi Henri IV.

Le roi a fait battre tambour,
Le roi a fait battre tambour,
Pour voir toutes ses dames...
Et la première qu'il a vue
Lui a ravi son âme...

Mon père grondait lorsque nous arrivions au dernier couplet :

La reine a fait faire un bouquet
La reine a fait faire un bouquet
De belles fleurs de lyse
Et la senteur de ce bouquet
A fait mourir Marquise...

De telles paroles, disait-il, insultaient la majesté royale. Pauvre père ! C'est presque une bénédiction qu'un flux de ventre* l'ait emporté

* Probablement une gastro-entérite.

à la Saint-Jean, l'an passé. Arrêté en même temps que moi, il eût terminé misérablement sa vie enchaîné au banc d'une galère, insulté, roué de coups, parmi les déjections et les immondices! Le sort des galériens est terrible, bien pire que le nôtre. Mais cela ne m'est pas une consolation.

Chaque fois que l'une d'entre nous reçoit une lettre, nous la lisons à haute voix, pour que chacune ait sa part de nouvelles du pays. Celles-ci sont meilleures qu'elles ne l'ont été de longtemps. Il semble que la surveillance étroite où l'on tenait les protestants se soit un peu relâchée. Des assemblées ont eu lieu en plein jour, ce qui était inconcevable il y a seulement un an. Est-ce le cas, chez nous? Te rends-tu toujours au Désert? Je ne cesse de trembler pour toi. Sois prudente, je t'en prie : j'ai peur que certains esprits timorés ou malveillants ne prennent prétexte de ces négligences dans l'application des ordonnances pour pousser le roi à durcir encore les persécutions*. Je n'ose, ici,

---

* Une ordonnance de 1750 devait en effet remettre en vigueur toutes les défenses antérieurement publiées contre les cultes du Désert.

exprimer mes craintes à haute voix : ces rumeurs de clémence apportent aux recluses l'espoir dont elles ont besoin pour vivre. Mais souvent, le soir, quand le disque rouge du soleil s'abîme à l'horizon, j'enferme mon visage dans mes mains jointes et je te vois courant presque sur un chemin forestier, le regard aux aguets, une lanterne dissimulée sous ta mante. De toutes parts les fidèles sortent du couvert des bois et se hâtent vers la clairière où le prédicant, debout, adossé à un arbre ou à un rocher, les attend. Des femmes serrent contre elles leurs enfants mi-effrayés, mi-émerveillés ; les hommes, tête nue, aident le pasteur à installer sa chaire de fortune, qu'il transporte partout avec lui ; parfois c'est un tonneau, dont il faut rabattre la partie supérieure pour poser la Bible sur le pupitre ainsi dévoilé... La terreur que l'on veut nous inspirer et l'opiniâtreté de notre nature, à nous Cévenols, nous inspirent de ces ingéniosités dont peut-être nos petits-enfants souriront. J'entends le prêtre qui prononce son sermon, le bourdonnement des psaumes chantés, par prudence, à voix basse... et soudain, j'aperçois au travers des feuillages l'éclair bleu d'un uniforme ; bientôt des cris gutturaux retentissent. ILS sont là,

ILS sont sur vous ! Cette vision est d'une telle intensité qu'elle m'arrache souvent une exclamation d'effroi. Car c'est toi, au milieu de cette foule, que je vois jetée à terre par une main brutale, molestée, traînée en quelque geôle, rasée et condamnée à la réclusion perpétuelle...

Marie m'apaise de son mieux, d'un geste ou d'un regard, mais je sens qu'elle est à bout de forces. Sa douleur est inexprimable : après le départ d'Élisabeth, elle est allée s'asseoir seule dans la logette, les mains dans sa jupe qu'elle serrait frileusement autour de ses jambes, malgré la chaleur. Elle est demeurée là des heures, immobile et rigide comme une statue. Nous avons eu grand-peine à la convaincre de prendre un peu de nourriture et de s'étendre pour la nuit. Un garde est venu nous apporter quelques brassées de paille ; il nous a annoncé qu'Élisabeth quitterait le lendemain, à la pique du jour, le logis du Major, pour être conduite au couvent en chaise de poste.

Marie était debout bien avant l'aube. Elle m'a secouée doucement pour me réveiller. À l'heure du départ, nous étions une dizaine, réunies autour d'une meurtrière. Certaines, à genoux, priaient. Anne Gaussent, le dos voûté, s'appuyait sur sa canne. Nous avons entendu un bruit de sabots, un cliquetis de harnais, le fracas d'une barre de fer qu'on tirait de ses gonds.

— Madame la Major l'accompagne, sans doute, a chuchoté Anne Gaussent.

— Et une escorte armée... a ajouté Catherine.

— Ont-ils peur qu'elle s'enfuie, à présent ? Après ce qu'elle a fait ?

— Si elle était ma fille, jamais je ne lui pardonnerais !

— Elle est notre fille à toutes, a dit Marie de sa voix ferme et tranquille. Et je veux qu'elle sache que nous lui avons déjà pardonné. Chantons, mes sœurs.

Nous avons entonné le Psaume 51, le *Miserere*.

Pitié pour moi, Dieu, en ta bonté,
En ta grande tendresse efface mon péché,
Lave-moi tout entier de mon mal
Et de ma faute purifie-moi.

Aux premières paroles, ma gorge s'est nouée, mais peu à peu nos voix se sont affermies et le chant a pris de l'ampleur.

Rends-moi le son de la joie et de la fête :
Qu'ils dansent, les os que tu broyas !
Détourne ta face de mes fautes,
Et tout mon mal, efface-le.
Dieu, crée pour moi un cœur pur,
Restaure en ma poitrine un esprit ferme...

En bas, un cheval a henni ; une femme a crié avec impatience et une sorte d'anxiété : «Allons, venez !» Une porte a claqué. Je chantais toujours, sans chercher à retenir les larmes qui ruisselaient sur mes joues. Les roues ont grincé sur le pavé inégal, le fouet du cocher a claqué, et l'invisible voiture s'est éloignée au trot rapide de ses camarguais. Nous avons continué à chanter, poursuivant de notre prière celle qui nous fuyait, jusqu'à ce que le nuage de poussière soulevé par le passage de l'attelage fût retombé. Puis chacune est retournée à ses tâches quotidiennes, et le nom d'Élisabeth n'a plus été prononcé. Sa paillasse est roulée contre le mur ; je la regarde en traçant ces mots, et il me semble que je me recueille sur une tombe.

Le 2 août 1749

Sarah,

Les premières lueurs du matin éclaboussent
les dalles de leur or trompeur. Le retour de
l'astre du jour ne me procure aucune joie, car
ce soleil éclatant, brûlant, cruel, est notre bour-
reau le plus acharné. La chaleur est exté-
nuante : le vent incessant roule des tourbillons
de poussière qui s'insinue partout. Beaucoup
d'entre nous ont les yeux irrités, les paupières
rouges et gonflées. Les compresses d'eau tiède
sont un remède insuffisant. Pendant trois jours,
je n'ai pu ni lire, ni écrire, ni même coudre : je
voyais à peine ma main devant moi. J'ai voulu
néanmoins finir pour toi une paire de mitaines,
tricotées avec les restes d'une pèlerine courte,
de celles que les vieilles femmes portent chez

nous, attachées sur la poitrine par un ruban. J'espère qu'elles te feront de l'usage. Je file et je te ferai des chemises pour cet hiver. Dis-moi ce qui te manque, et je m'emploierai à te fournir le nécessaire, car je ne sais comment occuper mon temps et j'aimerais te rendre, si peu que ce soit, ce que tu fais pour moi.

La nuit, il nous est impossible de dormir : les cris stridents des chauves-souris, qui nichent dans toutes les cavités de la Tour, nous tiennent éveillées. Nous finirions peut-être par nous habituer à ce ballet, mais des nuées de moustiques nous assaillent continuellement. Celles qui ont réussi à sombrer dans un sommeil entrecoupé de cauchemars se grattent au sang, s'infligeant des plaies longues à guérir. Mais le pire, ce sont les araignées, parfois grosses comme le poing, et les scorpions, que nous découvrons en retournant nos paillasses ; la basse-fosse de la Tour, sous la première salle, en est infestée, paraît-il. Les serpents et les rats y grouillent. Au siècle passé, on y a enfermé quelques malheureux, qu'on descendait dans cet *in-pace** à l'aide d'une corde. Quel crime avaient-ils commis ? Le pire de tous : ils voulaient prier Dieu

* Cul de basse-fosse.

à leur façon. C'était sous-estimer la folie des hommes, leur appétit de pouvoir, leur éternel besoin de briser et de soumettre...

Pendant que je t'écris, la ville s'éveille. Les habitants d'Aigues-Mortes, en ce moment, souffrent à peine moins que nous : le climat est si malsain qu'il leur faut acheter jusqu'à l'eau potable, en allant la puiser à plus de deux lieues. Les exhalaisons pestilentielles des marais, pendant les grosses chaleurs, donnent des fièvres terribles. Je crains d'en ressentir les premières atteintes, car je n'ai plus aucun appétit et, depuis deux jours, des éblouissements et des frissons me forcent à me retenir à la muraille pour ne point tomber de faiblesse. Je n'ose rien dire à Marie, déjà si éprouvée. L'une de ses plus anciennes compagnes, Isabeau Menet, vivaraise comme elle, donne tous les signes d'une agitation croissante ; comme les vieilles prophétesses enfermées à la Tour voilà cinquante ans, elle se lève et crie, les yeux perdus : « Pénitence ! Pénitence ! » en déchirant ses manches. Mais nous la croyons plus troublée par l'excès de ses malheurs qu'inspirée par l'Esprit. Elle a trente-quatre ans, et en paraît soixante : son mari, François de Fiales, est mort au bagne de Marseille en 1742, et son fils de six ans lui a été enlevé. N'est-ce pas suffisant pour perdre la raison ? Combien de temps faudra-t-il encore durer en silence, ne point se plaindre, baiser la main qui nous martyrise, user notre vie, nos forces, notre foi, dans l'isolement de la réclusion ? J'envie ceux qui prennent les armes et combattent à visage découvert. À de certains moments, il me semble que je ne répugnerais pas à faire couler le sang pour venger les miens. Ne me blâme pas trop : tu es la seule confidente de ces pensées, car j'espère tout de ton indulgence, et d'abord que tu gardes en ton cœur, si je devais mourir entre ces murs, des fièvres ou de la colère qui me ronge, un souvenir de moi. Je n'ai pas le courage, aujourd'hui, de continuer plus longtemps ce monotone récit de nos malheurs ; au reste, tu dois en être excédée. Cherche un chemin frais et ombragé pour y lire cette lettre, appuie ta joue au tronc d'un châtaignier, laisse couler entre tes doigts l'eau du ruisseau… ces simples gestes me guideront, de loin, vers notre enfance, et m'apaiseront peut-être.

Le 9 septembre 1749

Sarah, ma sœur retrouvée,

La plume tremble au bout de mes doigts, mais je me suis fait la promesse de te répondre sitôt que j'en aurais la force. Tes alarmes étaient justifiées, comme mes inquiétudes du mois passé : j'ai été si malade que les semaines qui viennent de s'écouler se confondent dans une brume étouffante. Abattue par une fièvre intense, je souffrais en outre de maux de tête et des vomissements incoercibles, continuels, m'épuisaient. Marie me faisait boire, plusieurs fois par jour, une décoction d'écorce de saule dont elle conservait précieusement une petite provision. Cette médecine m'a sauvée, mais il ne reste plus de remède, et je ne suis pas la seule à subir le fléau des fièvres. Si tu peux trouver le moyen de nous en procurer, nous t'en serions toutes reconnaissantes. Certaines prisonnières affirment avoir employé avec succès, dans certains cas, l'écorce de peuplier. Fais pour le mieux. Je sais que ton cousin se rend parfois à Lunel pour son commerce de chevaux, acceptera-t-il de s'occuper de cela? M. Antoine Paris, de Nîmes, et son épouse se chargent aussi souvent de nos lettres et de nos commissions. Tu peux t'adresser à eux, leur demander de l'ouvrage si tu es dans le besoin, et leur protection. Ce sont des gens sûrs – aussi sûrs que possible en ces temps troublés.

Le 10 septembre

Hier, j'ai dû cesser d'écrire, car rester trop longtemps assise me fatigue. Pourtant j'essaie de me lever chaque matin une heure ou deux et de faire quelques pas. J'éprouve un plaisir enfantin à regarder mes compagnes vaquer à leurs occupations, j'observe leurs gestes avec avidité, je recueille leurs moindres paroles. Toutes, elles me semblent belles parce qu'elles sont vivantes. La plus humble besogne devient une source de joie. Aux portes de la mort, Sarah, il n'y a plus de jour ni de temps régulièrement mesuré, seulement une nuit sans limites. Le visage de Marie flottait parfois sur cette ténèbre, ses lèvres bougeaient sans que j'entendisse le moindre mot. Je recevais le soulagement de sa main fraîche, adroite ; elle changeait la compresse humide posée sur mon front brûlant, me soulevait à pleins bras pour m'ôter ma chemise trempée de sueur, essayait de glisser entre mes lèvres quelques cuillerées de bouillon. Je me laissais manipuler comme un pantin de son. Puis elle disparaissait, et, avec elle, tout ce qui me rattachait encore à ce monde. Je n'entendais pas la voix sonore des gardiens, ni le chant des psaumes, ni les faibles plaintes des autres malades. Je ne voyais pas la muraille blanchir ou s'assombrir selon les heures. Si je levais une main devant mes yeux, le dessin des veines sous la peau livide m'emportait sur un fleuve de cauchemars. Mais je n'avais pas peur de mourir : la mort était tout autour de moi, comme une eau étale, tiède, proche, douce, presque consolante. Un soir, on m'a crue perdue ; quelques femmes se sont rassemblées autour de moi et ont dit les prières des agonisants. Dans un éclair de conscience, j'ai vu qu'elles étaient heureuses pour moi, et non point affligées. Peut-être même m'enviaient-elles de gagner ainsi ma liberté, par la porte du ciel. L'esprit de révolte (de «fronde», disait mon père, qui avait entendu de ses aînés maints récits de cette époque où les plus grands seigneurs du royaume n'ont pas craint d'affronter leur souverain) qui souvent me fait tirer à hue quand on me voudrait à dia, m'a alors soulevée contre cette résignation. J'ai voulu vivre, de toutes mes forces.

Vivre pour quoi ? Je ne le sais pas encore. Je me contente d'amasser les minutes comme un avare son trésor. Hier, en portant à ma bouche un quignon de ce pain brun que l'on nous distribue une fois par jour, j'ai été saisie d'émerveillement devant la couleur de sa croûte, qui allait du plus beau doré au caramel brûlé. Je n'avais jamais regardé d'aussi près un simple morceau de pain – les minuscules alvéoles de la mie, les irrégularités de la surface –, il y avait là des champs de blé ondulant sous le vent brûlant de l'été, la sueur et les chants des faucheurs, les grandes ailes blanches d'un moulin tournant sans fin sur l'azur, la bouche incandescente des fours… Sarah, le monde est si beau, même au fond d'une prison, qu'il mérite bien qu'on y vive, et de notre mieux. Il me semble que tous mes sens ont été aiguisés par la fièvre : un chant d'oiseau me tire des larmes, un sourire me transporte, et je trouve même aux trognes de nos geôliers une sorte de charme rude ! Je pense à Élisabeth sans cesse, mais j'ai banni la colère qui empoisonnait mon cœur ;

elle s'est retirée de moi comme si une grande vague m'avait submergée, me laissant nue et faible, semblable à un nouveau-né. Aussi impuissante, aussi vulnérable, aussi riche des dons de la terre...

11 septembre

Marie me traite comme une enfant : elle m'interdit les besognes les plus simples, alors qu'elle est elle-même exténuée par les veilles et les soins aux malades. Plus de dix femmes sont encore alitées, mais leur état s'améliore de jour en jour. Seule Antoinette Roussel, une prisonnière assez âgée, originaire de Valence, délire par moments, surtout la nuit. Le matin, sa fièvre tombe, mais elle ne lutte pas et refuse de s'alimenter. Marie ne quitte plus son chevet. Tout à l'heure, je suis allée m'asseoir près d'elle, sur un escabeau branlant dont un pied a raclé bruyamment les dalles. Antoinette a tourné la tête de mon côté, mais son regard m'a traversé ; ses beaux yeux bleus étaient voilés d'une sorte de taie.

— Que voit-elle ? a murmuré Marie.

Je n'ai pas répondu. J'avais le cœur serré. Pour avoir été moi-même si proche de la mort, j'aurais pu répondre à sa question, mais les mots me fuyaient. Ce que j'avais entrevu était indescriptible. Mais je savais qu'Antoinette n'en pouvait plus de vivre.

Marie, comme si elle avait lu dans mes pensées, a ajouté :

— Elle a renoncé, n'est-ce pas ?

J'ai hoché la tête, sans rien dire. Nous sommes restées longtemps silencieuses. Je voyais que Marie, à bout de forces, ne pouvait plus soutenir sa tête ; j'ai attiré son front contre mon sein et j'ai passé un bras autour de sa taille. Elle a tenté de protester, mais le sommeil, plus puissant que sa volonté, l'a vaincue. Antoinette avait fermé les yeux. Je les ai écoutées respirer, envahie d'une émotion très douce, jusqu'à ce que je n'entende plus qu'un seul souffle.

Le 17 septembre 1749

Hier, Marie a fermé les yeux d'Antoinette. Elle était sans connaissance depuis bien des heures ; son visage s'est détendu soudain, lissé : tout était fini. N'est-ce que cela, mourir, vivre ? Je ne peux pas pleurer. Je n'ai plus de larmes.

Anne et Catherine l'ont habillée et enveloppée de son linceul. Nous attendons à présent que l'on vienne chercher la dépouille. Comme la chaleur est un peu retombée, Marie a voulu tout à l'heure que je descende dans la cour avec les plus valides d'entre nous. J'ai refusé tout d'abord : il me semblait presque sacrilège de prendre plaisir à la couleur du ciel ou à la tiédeur de la brise marine, alors qu'Antoinette était allongée là – forme rigide sous le lin écru du drap, et dont il fallait déjà écarter les mouches. Mais mon amie a insisté :

— Tu es si pâle, Madeleine. Tu as besoin de reprendre des forces. Je ne supporterais pas de te perdre, toi aussi…

J'ai cédé, mais j'éprouvais une vive appréhension. Je n'avais pas mis le pied dehors depuis les premières atteintes des fièvres, et le souvenir de ces après-midi où mon cœur battait dans l'attente d'une rencontre fortuite me faisait monter au front un rouge dont je ne savais s'il était celui de la honte ou de la colère. Allais-je LE revoir ? Et, dans ce cas, aurais-je assez de fierté pour passer devant lui en détournant la tête ?

Je n'ai pas eu le temps d'interroger mon courage ; j'avais à peine fait deux pas sur l'herbe rase, roussie par l'été, qu'il était devant moi. Sans se soucier d'être observé, il s'est incliné.

— Il faut que je vous parle.

Son regard implorait.

— Je serai blâmé, je le sais, a-t-il repris. Mais qu'importe : je pars demain.

— Pourquoi, alors…

Je me suis interrompue : ma voix m'aurait trahie.

Il triturait nerveusement les franges de soie de son écharpe.

— Votre amie… je me demandais… aimeriez-vous que je lui transmette un message ?

— Vous allez la voir ?

J'avais presque crié, dans un élan de vraie joie. Une brève crispation a déformé son beau visage, puis il a poursuivi, avec hésitation :

— Oui... Je voulais vous dire, aussi... quoi que vous appreniez... n'oubliez pas que tout m'entraînait vers vous... jamais je n'ai voulu... c'est le Major, et le curé, qui...

J'ai reculé comme s'il m'avait souffletée. Point n'était besoin qu'il poursuivît ses aveux embarrassés ; je venais de comprendre.

— Vous allez épouser Élisabeth.

Ce n'était pas une question ; seulement la sèche énonciation d'un fait avéré.

Il a baissé la tête.

— Je n'ai pas pu refuser, a-t-il dit.

Je le regardais, et sous mon regard il perdait sa superbe, devenait un être inconsistant, falot, le jouet sans volonté de puissances dont il ignorait tout. Ce joli garçon allait, sans amour, pour obéir aux ordres, épouser une jeune fille et faire en un instant leur malheur à tous deux. Et le mien.

Le mien ? Je m'en suis voulu d'être si prompte à m'apitoyer sur moi-même. En étais-je si sûre ? J'avais eu un mouvement de coquetterie blessée, c'était certain. Peut-être d'envie : un mariage avec un catholique, c'était la sécurité, la liberté, l'aisance assurée. Jamais je n'aurais eu à trembler pour mes enfants, j'aurais pu couler une existence paisible dans quelque ville de garnison, aux côtés d'un époux jeune, plaisant… et amoureux. La tentation avait été grande. Cette vie-là ressemblait à une corbeille de roses : on ne pouvait deviner que, sous les pétales parfumés, se cachaient de redoutables épines.

Lentement, je me suis retournée : la Tour me couvrait de son ombre.

J'ai marché vers le petit escalier. Comme Élisabeth, je ne me suis pas retournée. Le jour de son départ, elle avait choisi son destin ; je venais de choisir le mien.

De retour dans la salle haute, je me suis allongée sur mon matelas, le nez contre la muraille. On m'a laissée tranquille. Jamais je n'aurais pensé pouvoir m'endormir ; pourtant, j'ai sombré presque aussitôt dans l'inconscience. Et j'ai fait un rêve : les soldats qui m'ont amenée ici avaient coupé les mains de toutes les captives. En gémissant, nous levions vers le ciel des moignons d'où le sang dégouttait. Mais une fois enfermées, nous mêlions nos bras infirmes en une longue étreinte. Nos plaies se fermaient et, peu à peu, de nouvelles mains, d'abord minuscules et faibles, repoussaient sur nos poignets mutilés. Elles grandissaient, prenaient de la force : nos doigts se prolongeaient de lames effilées et coupantes, de mâchoires d'acier, de lourdes masses prêtes à broyer les matériaux les plus résistants. Alors, toutes ensemble, nous abattions les murailles de la Tour, tandis que nos rires faisaient trembler les voûtes qui s'écroulaient autour de nous et retournaient à la poussière.

Note

Privés de la liberté de culte et de la liberté de conscience par la Révocation de l'Édit de Nantes (1685), les protestants français, jusqu'à l'Édit de Tolérance (1787) – c'est-à-dire pendant plus d'un siècle – se trouvèrent en butte à toutes sortes de persécutions. Beaucoup de temples furent détruits, les pasteurs contraints de quitter le pays ; en Poitou, en Languedoc, dans les Cévennes, des régiments de Dragons, soldats du roi, occupaient les villages, où ils se livraient à de nombreuses exactions. Tous les moyens leur étaient bons pour arracher aux habitants une abjuration qui ne pouvait être sincère. Aussi ces nouveaux catholiques, la fureur de la dragonnade passée, retournaient-ils tout naturellement à leur religion. Elle leur était d'autant plus chère qu'elle pouvait leur coûter la liberté et même la vie. Beaucoup s'exilèrent ; d'autres attendirent des jours meilleurs en pratiquant clandestinement. Ils se rendaient « au Désert », c'est-à-dire dans les bois, les friches, les garrigues, les lieux écartés, pour y entendre les prédicants. Certains se révoltèrent : on les appela « camisards », peut-être parce qu'ils portaient, dans les combats, une chemise claire. De 1702 à 1704, ils tinrent tête aux armées royales. Pourtant, ils étaient peu nombreux, mais ils connaissaient le pays. Avec la mort d'un de leurs chefs, Rolland, la rébellion prit fin ; mais la répression qui suivit fut terrible. Les prédicants surpris à diriger une assemblée étaient mis à mort, les hommes condamnés aux galères, et les femmes jetées en prison. La Tour de Constance fut l'une de ces prisons.

Madeleine et Élisabeth sont des personnages de fiction ; mais Marie Durand a réellement existé. Enfermée à quinze ans, elle ne devait être libérée que le 14 avril 1768, au bout de trente-huit ans de détention.

Bibliographie

Daniel Benoit, *Marie Durand, prisonnière à la tour de Constance* (Lacour, 1997).

Charles Bost, *Les Martyrs d'Aigues-Mortes* (Lacour, 1997).

André Chamson, *La Tour de Constance* (J'ai Lu n° 3342).

André Chamson, *La Superbe* (J'ai Lu n° 3269).

Marie Durand, *Lettres* (édition présentée par Étienne Gamonnet, Les Presses du Languedoc, 1998).

Janine Garrisson, *L'Édit de Nantes et sa révocation, histoire d'une intolérance* (Le Seuil, 1985).

Maurice Pezet, *L'Épopée des Camisards* (Seghers, 1978).

Charles Sagnier, *La Tour de Constance et ses prisonnières* (Lacour, 1996).

Le Musée du désert, une mémoire protestante (Société de l'histoire du protestantisme français).

Le Guide Gallimard du parc national des Cévennes.

Christine Féret-Fleury

L'auteur a toujours rêvé d'avoir une sœur jumelle. Sans doute son vœu a-t-il été exaucé puisque pendant qu'elle rédige, en riant sous cape, des histoires drôles et légères pour la jeunesse, son alter ego écrit des romans pour les adultes. Mais l'une et l'autre s'accordent pour apprécier la bonne cuisine, les voyages lointains et l'amitié.

Vivez au cœur de vos
passions

Policier

Humour

Théâtre

Aventure

La vie en vrai

CASTOR POCHE

Passion cheval

Histoires d'ailleurs

Voyage au temps de...

Contes, Légendes et Récits

VOYAGE AU TEMPS DE...   CASTOR POCHE

Le Seigneur sans visage   n°993
Viviane Moore

Le jeune Michel de Gallardon fait son apprentissage de chevalier au château de la Roche-Guyon. Une série de meurtres vient bientôt perturber la quiétude des lieux. La belle Morgane, semble en danger... Prêt à tout pour la protéger, Michel fait le serment de percer le secret du seigneur sans visage... Mais la vérité n'est pas toujours belle à voir...

Les années

COLLEGE

avec **CASTOR POCHE**

Aliénor d'Aquitaine
Brigitte Coppin

n°641

1137. Aliénor, âgée de 15 ans, quitte sa chère Aquitaine pour épouser le roi de France et devenir reine. Elle entre à Paris sous les cris de joie et les gerbes de fleurs, mais très vite, sa vie royale l'ennuie. Entre une belle-mère autoritaire et un mari trop timide, Aliénor ne parvient pas à assouvir ses rêves de pouvoir et sa soif d'aventures.

Les années

avec **CASTOR POCHE**

Course contre le Roi-Soleil
Anne-Sophie Silvestre

n°1012

Au château de Versailles, Monsieur Le Brun est prêt à dévoiler son nouveau chef-d'œuvre, le bassin d'Apollon. Toute la cour est là... sauf le Roi-Soleil, qui est introuvable ! Philibert, le fils de l'artiste, décide de tout faire pour retrouver Louis XIV, tant que le soleil éclaire le bassin. Mais il faut faire vite ! Philibert se lance dans une course contre le soleil !

Les années

avec **CASTOR POCHE**

Le château des Poulfenc
1. Les morsures de la nuit
Brigitte Coppin

n°1074

Thomas, héritier de la noble lignée des Poulfenc, quitte le monastère où il a grandi pour devenir chevalier. Son frère est mort, il doit prendre sa suite. Au château, son oncle ne semble pas se réjouir de son retour... Les silences sont pesants et il se passe des choses étranges. Thoma sera-t-il capable d'affronter les sombres mystères de son passé? Le destin du château des Poulfenc repose entre ses mains...

Les années

avec **CASTOR POCHE**

LINDA SUE PARK

HISTOIRES D'AILLEURS

CASTOR POCHE

Les Princes du cerf-volant
Linda Sue Park

n°983

Deux frères ont une passion commune : le cerf-volant. L'un connaît tous les secrets de fabrication, l'autre manie les ficelles comme un véritable virtuose. Tous les jours, Ki-Sup et Young-Sup jouent et inventent mille figures avec leur tigre ailé. Un jour, un garçon les remarque et leur commande un cerf-volant. Mais ce jeune garçon n'est pas n'importe qui...

Les années

COLLEGE

avec **CASTOR POCHE**

Le Mystère du feu
Henning Mankell

n°910

La vie de Sofia est rythmée par les tâches quotidiennes et les longues conversations qu'elle a avec sa grande sœur, Rosa, qui a dix-sept ans. Celle-ci lui raconte de mystérieuses histoires d'amour.
Mais ce matin-là, Sofia sent que rien n'est pareil...
Rosa est malade et Sofia s'inquiète...

Les années

avec **CASTOR POCHE**

HISTOIRES D'AILLEURS   CASTOR POCHE

Téméo, fils du Roi des Pierres   n°968
Hermann Schulz

Le père de Téméo possède une mine de pierres précieuses. Pour cette raison, on l'a surnommé le Roi des Pierres. Un jour, il est grièvement blessé dans la mine. Maman Masiti décide de faire appel au docteur. Mais comment le payer? C'est Téméo qui se chargera de trouver l'argent. Il enfile une paire de chaussures neuves et, armé de son courage, entreprend un long voyage...

Les années

COLLEGE

avec **CASTOR POCHE**

HISTOIRES D'AILLEURS

Le Pont aux cerisiers
Blanca Alvarez

n°1062

Dans le train, Bei-Fang pense. Son père a décidé de l'exiler à la campagne. La jeune fille de 17 ans devra réfléchir à son avenir. Bei-Fang redoute son séjour chez sa grand-mère. Elle s'ennuie déjà en songeant aux longues soirées sous le cerisier, à écouter des histoires ennuyeuses. Bei-Fang ne se doute pas que ces récits lui apporteront bien des réponses...

Les années

avec **CASTOR POCHE**

Cet
ouvrage,
le neuf cent
trente-neuvième
de la collection
CASTOR POCHE
a été achevé d'imprimer
sur les presses de l'imprimerie
Maury-Imprimeur
Malesherbes - France
en décembre 2008

Dépôt légal : août 2003.
N° d'édition : L.01EJENFP2038.B003
Imprimé en France.
ISBN : 978-2-0816-2038-4
ISSN : 0763-4497
Loi N° 49-956 du 16 juillet 1949
sur les publications destinées à la jeunesse